句集

# 有心《うしん》

本杉純生 Motosugi Sumio

コールサック社

本杉純生句集　有心

目次

# 句集　有心

# I　変哲もなき

二〇〇八〜二〇一〇年

七一句

餅の黴深く抉りて雨水かな

最終の渡しに子犬西ようず

知合ひと判るまで寄る朧かな

花川戸交番前のおぼろかな

盤石のそれは小さなかたつむり

我武者羅に畳む昭和の蚊帳かな

何もせず何も語らずあとずさり

隆々と寄せて継子のしりぬぐひ

野に出でよ山に出でよと龍田姫

熱の手に熟柿一つを受けにけり

山姥のひと夜浮かれしましら酒

搔揚丼搔つ込み冬となりにけり

干魚を猫の除けゐる憂国忌

水を発ち水を離れず冬かもめ

荒海へ両手突き出し船起

落すもの大事にかかへ厄詣

山を焼く一神教の狂気もて

腑に落ちぬ鶯餅の行方かな

風呂焚いて社翁の雨を祝ひけり

若草の踏み跡すぐに戻りたる

瘧《おこり》日《び》のたふさぎ固く結びけり

箸ばさむ白髪太郎のとげの数

変哲もなき日なき風花むぐり

紙魚およぐ大言海の文字の海

国宝の東司てんたう虫だまし

青蛙おのれの色の草に跳ぶ

野鼠の穴あたらしき植田かな

ピッコロを奏でしは瑠《る》璃《り》鳥雨上る

ひと色の雨ひと色の夏野かな

ずぶ濡れの声を圧し合ひ荒神輿

思ひだす事みな苦き書を曝す

青臭き意気も沙翁の書も曝す

寄り道がならひの閻魔詣かな

末伏や四川火鍋を滾らする

桟敷までしぶきの届く夏芝居

夏芝居滝の前にて斬られけり

亀虫を跨げば日差す畳かな

熟《にき》田《た》津《つ》の風をさまらず片見月

青鳩の潮浴びに来る一遍忌

動物の飛び出す絵本小鳥来る

七人のこびと出でこよ天狗茸

なが雨のひと日を後の更衣

息あらく登る塚山木の実降る

鍵穴の奥へはゆけず穴惑ひ

渋々と泳ぎ出したり放ち亀

お任せといふを頼みぬ新走り

木斛の実のはじけたる空の青

奈良十句

葛城の神へ供へむ隼人瓜

大宇陀のお狩場を鷹渡りけり

人疑はぬ近さ小鳥の来る近さ

立冬や丹生《にう》の真名井《まない》を力とし

綿虫が父似のわれを離さざる

茶粥食ぶ畝傍の山の冬がすみ

あかときや冬田の面の湯気豊か

七滝へ八壺へ冬の日差かな

嚏《くっさめ》や井《い》氷《ひ》鹿《か》の裔のはなしなど

滅びたる記紀のたれかれ冬銀河

五郎助や出家得度を誘はるる

楡黄葉散る弥撒曲を聞かしめよ

日輪へ深き一礼潮かぐら

寒木瓜やをみなきつぱりものを言ひ

大寒の湯気立つやうな翁かな

酢海鼠を嚙み納得のゆかぬ顔

下京や紅のたすきの矢倉売

枯野より戻り肉屋の列に従く

縁側に日の溜まりゐる七日かな

還暦を過ぎ太郎次をつかまつる

角巻の胸角巻の子を抱いて

探梅の道こまごまと教へられ

持ち歩くポケットあまた春隣

柿本多映さん

手を出して熱く語りぬインバネス

# Ⅱ　頼りなる

二〇一一〜二〇一二年

四九句

手を組んで指の冷たき枝垂梅

桑解きし縄ねんごろに束ねけり

思ひ出の温顔うぐひす神楽咲く

天領の深山墾道呼子鳥

田蛙の闇なまぐさき生家かな

白雲木脚下照顧の花ひらく

十一や偶には来いといふ便り

夏点前すずめの声の跡切れざる

葛水や男ばかりが家にゐて

いもうとを欲しと思ひぬ螢の夜

温顔の集ひし遠忌さるすべり

刈伏せの草に息ある草泊り

雨乞や神のやうなる声をあげ

裏木戸に父母の来てゐる祭かな

就中白髪太郎のゆつたりと

だんだん真顔ひまはりの迷路にゐ

ぼつちやんの奢られてゐる氷水

カルピスを飲んで二人の祭かな

曼陀羅のやうに案山子を配しけり

秋桜揺れ合うて彩にごらざる

鳥羽僧正忌まつたけ山に雨

今年酒壺中の天に遊ばんか

われからや内侍の恋のあはあはと

山廬　二句

身に入むや吊してありぬ箒の柄

しつらひは庭の秋果を絵のやうに

諸粥や鼻がむずむずして来る

影富士のくつきりとあり神迎

冬わらび青々と雨上りけり

みどり児の息間近なる霜夜かな

降り初めし竹の明るき一の午

人は野へ鳥はつばきの花蕊へ

比良八荒小蝦頻りに跳ねにけり

鑑真忌こうぼふ麦は花をつけ

あご引いて馬疾走す夕立中

指で掻く種のうやむや真桑瓜

蛇捕のなんきん袋もぞもぞと

蚰《げ》蜒《げじ》の仰向けの脚茶々ほうちや

無頼なれども念入りに墓洗ふ

故郷を捨てざるも悔ゐのこづち

鵙鳴いてぴんと伸びたる樺の影

すがれおひ頸が疲れてしまひけり

コスモスの揺るる辺りが画家の家

熱きことひとしほ後の二日灸

鬼太鼓の遠く響ける穂懸かな

通草挿す方の蕎麦屋を選びけり

毒きのこばかり茸の相談所

ほろ酔ひのやうな湯帰り後の月

父と子の後の雛をかざりけり

けむり立つ豺《さい》の祭の真つ盛り

# Ⅲ　魔がさして

二〇一三年

四一句

山門を出づれば春の日の匂

紅梅の晴ればれと咲く鄙曇

地祝のさかき挿しあり春の土

春寒し糶の済みたる魚市場

魚は氷に上りをとこの料理かな

子の来ては春の畦川跳びゆける

笹舟の影を大きく春の川

あたらしき汽笛の通る田打かな

七曜の薄るる三色すみれかな

髷結はぬ力士も混じる出開帳
葱の花へうきん者が泣き出して
青ざしや本家の長子愚直なる

草色の軽《かる》衫《さん》かろし五月場所

桑籠の一つはかかへ戻りけり

乳ぐもる空へ投げ入れ鮎の竿

晋山の楽ながれ来る花ごばう

牛冷す同じ山河に生かされて

剛健な水戸の気風や青すすき

飴玉を舌に転がす暑さかな

白桃をすすり原罪負ひもせず

依代の盛り塩からぶ昼の虫

露けしや盗賊除けの護符二枚

花笠の列のしんがり虫の闇

一つ間の仮の一夜や虫時雨

山祇へ一礼ふかく穂懸かな

一口にとろけし会津さはし柿

煙茸踏んで詩囊を絞りけり

山墓の供華生きいきと赤蜻蛉

鵙鳴いて山菜きのこ研究所

練絹の穂の揃ひたる尾花かな

牛車引き来よ大原は秋の風

生国はさねさし相模大根干す

椋鳥の群るる一樹や十日夜

冬ざくら言葉少なに返しけり

裏口を登れば墓や笹子ゐる

魔がさして蒟蒻玉を掘る羽目に

捌かむと見つむ海鼠の裏おもて

顔見世や女形一人が笑はする

かまくらの正客として迎へらる

高く撒く塩きらきらと初相撲

春近し和紙のひかりの昼の月

# Ⅳ　生き生きと

二〇一四〜二〇一五年

# 六八句

菜の花忌熊野古道を海へ抜け
山川の響きの届く寝釈迦かな
父よ母よ豊かな涅槃雪ですよ

雄心の薄るる午時《ひる》や榠樝咲く

そらまめの咲いて風力発電所

女手の文が届きぬかひやぐら

流されても流されても柳鮠

桜しべ降るよ鎮魂歌のやうに

新緑や汽笛をたかく久留里線

雨乞ひの蛇《じゃ》も蚊《か》も祭よく晴れて

赤子泣き明るきほたる袋かな

長八のきつねと会ひぬ半夏生草

来迎図見て暑き世へ戻りけり

水中りカッパドキアの旅半ば

カルパッチョの蛸有耶無耶の嚙み心地

リゾットを吹いて饒舌夜の秋

千枚の田に遅速なき稲の花

水分の神の小やしろ阿古陀瓜

発心の熊野ふるみち螻蛄のこゑ

機織蟲かはたれ星の高々と

階の一歩に一語露けしや

維盛の入水の海よ鷹渡る

福相を持て余しゐる種ふくべ

道鏡の憤怒の色のからすうり

食みこぼし多き雀は蛤に

鬼の子の鳴いて古京の大寺跡

柔らかき葉と葉を結び大根干す

生き生きと大根提げて戻りけり

光年と言へど身近に冬の星

紅葉鍋をみな五人と囲みけり

悼　木内彰志先生

狐火を詠み狐火になられしよ

小さくなりしよ切餅も肝魂も

父の忌や葱の甘さの鍋かこみ

湖の面を剝がるるやうに立つ白鳥

浮寝鳥根はせつかちかも知れず

俳人と少年のため氷るなり

二月堂のそろひの法被暖かし

梅が香やぜんざい熱く振舞はれ

亀鳴くや艶書合せのたけなはを

その辺り雨脚強し蝮蛇草

燕子花千年はさう遠くない

青すすきの前に集合子供会

老鶯やまづ結論を言ひたまへ

風音のしさうなほたる袋かな

奥利根も奥の古刹やサングラス

耳朶の痒くてならぬ小暑かな

歌枕見てまゐらむと土用灸

ぴり辛の牛タン弁当夏深し

硬かりぬ龍太好みの甲斐の桃

朝刊の来ぬ日小鳥の賑やかに

台風のスカイツリーで別れけり

灯を入れてかりがね寒き膝小僧

葬礼のやうに集まり鎌祝

空海の求法の海を鷹渡る

禅寺の温めのおぶぶ小鳥来る

等伯の松に色なき風の声

住職と熟柿を啜り秋惜しむ

地魚の小振りの握り冬に入る

仏からほとけへ歩む村時雨

朝市や晩三吉の野暮くさき

あつさりと土を離るる大蕪

友の家を外套重く出でにけり

煤逃のたうとう飲んでしまひけり

独楽投げて七十年の無策かな

和菓子舗の松一本の門飾

縁側に日差したっぷり七日爪

餅食うて堪へ性なき言を吐く

待春の海見ゆるまで登りけり

# V

# ポンポンダリア

二〇一六年

千体仏なにも語らず暖かし

鳶が鳶よぶ春光の相模灘

田の畔のひとりの昼餉水温む

潮風の午後の明るき初音かな

雲雀鳴くどこにも見えぬ麦畑

潮鳴の響くテラスやさくら鯛

憲法記念日混み合うてゐる神谷バー

労働祭果つグラッパのワンショット

一陣の風千枚の竹落葉

人まばら街並保存地区薄暑
保津川の巌屹立青あらし
鮎釣解禁暗き流れへ糸を垂れ

奥嵯峨も奥の老舗の鮎づくし

飛ぶ源氏湧き出る平家螢かな

新入りは前の村長くすり狩

焙烙に糠炒つてゐる芒種かな

蟻蠓や谷蒸しむしとして来る

老優のロケを見てゐる炎暑かな

だんだんとでんでんむしはねむくなる

軒先は鮓押すところ奥会津

口々に聞えしことを河鹿笛

畔神の乾びしだんご田水沸く

遠雷やひと日の鍬を洗ひゐる

雀荘の裏のポンポンダリアかな

だみ声へ返すだみ声馬の市

悼 義兄

名月を待たず眠りに就かれけり

打つ心空となるまで胡麻を打つ

何にでも触れてみる癖穴まどひ
法難の橋と伝へて鰯干す
かりがねや水に艶ある奥秩父

柔らかくなりたる秋の金魚かな

爽やかや運びし石に石工坐し

切干やぽつりぽつりと話さるる

外は木枯行平は焦げくさし

日本橋三越前木枯とすれ違ふ

熊手市一つ売れれば一つ出し

み首級《しるし》のやうに白菜かかへけり

短日や道に焼餅分け合うて

葉を落し欅大きくなりにけり

木の町の木の香の宿や冬銀河

真昼間の浮世小路を嫁が君

残りしは女のみかや冬三日月

平積みの本屋大賞寒波来る

# Ⅵ　殊のほか

二〇一七〜二〇一八年

# 五七句

地獄絵の前を素通り恋の猫

春立ちぬ天の岩屋の辺りより

月日貝そろそろ乳歯生える頃

猪《しし》肉《にく》あります残雪六尺余

久闊を叙する一夜のやなぎむし

湯を立てて彼岸太郎の早仕舞

城山に人の出てゐる養花天

女御にも荒ぶるこころ鶏合

小さき島の小さき民宿さくら鯛

投げ遣りな吹かれやうなり花薺

天道虫だましも来る父の墓

彼方より彼の世の声の青葉木菟

風除けの木々の色濃き田植花

水田広々田植唄聞えさう

滝見茶屋足弱の足使ひきり

青梅を叩いて父祖の地を出でず

荒草の渦巻いてゐる出水あと

脱稿の腐草螢となる夜かな

分蘖の音のしさうな青田かな

燈火親しみんな笑つてゐる写真

胸突きのくらがり峠葛の花

草の絮飛んで古墳の発掘中

雨粒の次々生まれ実南天

穏やかな日よ落花生茹上げて

半月の残るあをぞら雁渡る

秋寂ぶや炎の土器を見に行かむ

綿虫とよく会ふことよ雨来るか

寒し寒しと火の国に覚めにけり

燗熱うして夜遊びを勧めらる

大祖は公卿なるらむ大海鼠

頑丈な足もて立てる寒念仏

殊のほか甘き鴨なん寒がはり

二坪のこけし工房日脚伸ぶ

干拓の耕地ひといろ夕雲雀

はらからに囲まれ霞食うてをり

八卦見と八卦のはなし建国日

踏切の向かうの彼岸桜かな

よく伸びる小犬のリード水温む

お水取無頼も火の粉たまはりて

風呂敷に包む野の幸春まつり

うたた寝の口中乾く花ぐもり

杵の音の響く奈良町よもぎ餅

花うぐひ壊さぬやうに摑みけり

てふてふの真昼眠たき親の家

猫の子のぞろぞろ名札いろはにほ

声あげてころに驚く大暑かな

地下鉄の乗換へ長き溽暑かな

はんざきを三顧の礼で迎へけり

飲食の心もとなき前七日

庭隅に穴掘つてゐる厄日かな

うま酒に酔うて淡海の落鰻

乗用車降り来て田水落しけり

稲架組むや畦に置きある祝酒

小春日を煙のやうに歩きけり

悲田院へつづく細道笹子鳴く

奥谷戸のぬた場の乾ぶ神の留守

粗草の枯のにほひの棚田晴

# Ⅶ　玉のやうな

二〇一九年

四五句

手の平に受けて照り炊き初諸子

蘆の角水の深さをまだ出でず

安達太良の秀先を雁の名残かな

たんぽぽや屛風畳みの波の音

木瓜咲いて常とは違ふ常の路地

若鮎の影若鮎に追ひつけず

流れゆくものの影濃し鼓草

行く春や昼を動かぬ観覧車

素饂飩をすする筍流しかな

昼月の溶け始めたる花あふち
唐揚げの岩魚ほこほこ古稀祝
よろよろと登る菊坂釣忍

唐突に日の差して来し梅雨の入

当り前のやうに雨来る七変化

何もなし螢ぶくろへ隠すもの

ぞろぞろと蝲《ざり》蛄《がに》釣の雨合羽

はとバスの来てゐる水辺桜桃忌

破れ傘人目を避けてゐるやうな

海月ひらひら人の滅びしその後も

噴水に向いて噴水見てをらず

身を投ぐる度胸のあらず冷し酒

鱧ざくざく車軸の雨の東山

新涼やうなじの細き叔母と母

秋の声アンモナイトの化石より

竹やぶの日矢青々と前七日

案内の言葉こまやか月の苑

蛇穴に入るみづうみの暮一気

病院の中庭暗し残る虫

満天の柿の押し照る山家かな

榠樝の実誰か貰うて呉れまいか

吊橋を渡れば冬の来てゐたり

裏門を少し開けおく神の留守

初時雨在五の墓の小振りなる

休息に玉子と電気毛布弱

玉のやうな僧と落葉を踏みにけり

煤逃の渡つてしまふ戻り橋

幽霊飴買ひ損ねたる空也の忌

初対面の人のしたしき蕪蒸

湯豆腐や旅の終りをゆるゆると

繭玉の中をふはりと通りけり

探梅の足の伸びたる墓参かな

鯱鉾の尾の寒風を撃つかたち

山鳩の動かず雪となりにけり

菰巻は炎のかたち静かなる

餅中のものの匂の濃かりけり

# Ⅷ　浮世小路

二〇二〇～二〇二一年

春日濃き鶯谷を過ぎにけり

狛犬の口中暗し春日差

鴨発ちぬ水面を少し窪ませて

出開帳ねずみ小僧の墓も見て

山畑の境あいまい花あんず

餅菓子の餡のうすべに梅若忌

手放して知る風船の重さかな

今朝春の真白き手帳まだ真白

穀象や住み難き世を嘆かざる

ぢつと見るぢつと水見る鵜の眼

意味もなくそはそはしたる薔薇の門

我もまたカインの裔よ桜桃忌

蛇衣を脱ぐ衣擦れの音もなし

目を細め人を見てゐる芒種かな

身熱りの冷めぬ船旅梅雨の星

玉葱しやきしやき芬々の心意気

高階の窓より梅雨の始まりぬ

目標を決めかねてゐる蟾蜍

黒々と坂東太郎大夕立

風鎮の壁打つてゐる今朝の秋

きちかうや折り目正しき姉妹

虫時雨浮世小路の闇深く
蛇穴に入り聞きなれぬ鳥の声
蟷螂の悟り開いてゐるところ

老人の集まつて来る豊の秋

耳聡き子のよく眠る良夜かな

青北風や目の焦ぐるまで焼く潤目

山の子の敬語うつくし芋煮会

莢《がま》蒾《ずみ》や饑《ひだる》き日々の在りしこと

両岸を灯す湯の街菊なます

くれなゐの大きな手鞠神の留守

凩や印度カレーの具ごろごろ

金輪際口割さうもなき海鼠

真直ぐな村の墾道冬木の芽

留守神へ残る小菊を束ねけり

おかめ笹青々とある寒さかな

初詣小さき夢のあるにはある

新海苔二枚扇返しに焙りけり

春近し阿修羅の顔の勝力士

執筆も読書も中途寒明くる

山川の中州痩せゐる猫やなぎ

夢違観音とゐる朧かな

早蕨に日の当たりゐる多喜二の忌

土筆摘む特段の約あらねども

一つだに眠ってをらぬ数珠子の目

飲食の退つ引きならぬ春の雁

人麻呂の遊びし野辺や百千鳥

羅生門蔓《かずら》のことは言はでおく

年々の一木百花藤咲ける

湧水に洗ふ地のものの風光る

歩くほかなき国分寺跡薄暑

一丁目一番地神谷バー薄暑

粽解く子や悪知恵も知恵の内

さざなみの底まで青き鮎の川

郵便の束にて届く走り梅雨

とつぷりと暮れ生臭き蟬の穴

薬の日葛の老舗の混み合うて

美しく脱ぎ崩れざる蟬の殻

冬瓜の透き通るまで炊く霖雨

鉄道草故郷と言ふも十戸のみ

あなまどひ生暖かき風が吹く
故郷を出づることなし瓢の笛

# Ⅸ　日溜り

二〇二二年

四九句

どうせなら獺の祭を見し後に

竹叢の土まだ堅く龍太の忌

鷹鳩と化しぞろぞろと女学生

二の丸は園児の広場百千鳥

京よりの遊行の誘ひ西行忌

山独活の丈まちまちを一括り

海峡のほとりの飯屋さくら鯛
家持の海広々とかひやぐら
渡し場の棒《ぼう》杙《くい》からぶ浜ゑんど

やまびこ合唱団万緑の中

九代目の声のしさうな茂りかな

父の忌や江戸前鮨を手で抓み

江戸風鈴しづかに鳴つて遊び舟

寿も貧もほたる袋の中のこと

土用丑の日熱々の梅茶漬

少年の敬語正しき帰省かな

花開くやうに開きぬ椿の実

芙蓉大輪風もなし声もなし

里芋の旨き齢となりにけり

蚯蚓鳴く六道さんの井戸の闇

ウワナベもコナベも深き霧の中

秋夜しんしん笛に始まる翁舞

不退寺の秋七草に埋もれけり

山の辺の道を急がず稲すずめ

小鍋立て突ついて二十三夜月

鳥羽僧正忌夜遊びせよと誘はるる

目印は黄葉かつ散る大銀杏

蹞かぬやう銀杏を踏まぬやう

新蕎麦や奥の院まで上がれさう

高札場跡高々とからす瓜

杉の秀のからす一鳴き亥の子餅

アトリエは谷戸の日溜り冬桜

歌詠みの男よく泣く小六月

音立てて始まつてゐる葦の枯

天狼天心父のこと母のこと

冬蒲公英朝の気を裂く子らの声

赤穂義士討ち入りの日や狐雨

掛饂飩熱し寒川さん寒し

六花《むつのはな》積もるけはひや一の宮

らうらうと神田駅前寒念仏

熊笹に雪の残れる笹子かな

いくたびも同じ波来る開戦日

どの魚籠もまだ魚のゐず日脚伸ぶ

枯野行く老へたつぷりの日差

銀座シックス煤逃の京をんな

首上げよ粟津ヶ浜のかいつぶり

玉浮子のぴくりともせず日脚伸ぶ

ねっとりと満ち来るうしほ春近し

鰯の頭挿してしてしづかな伊吹山

# 跋　大人の風貌

本句集の著者の本杉純生さんは友であり、信頼のおける句友であり、我が連衆の主軸を担う一人である。

純生さんと初めて顔を合わせたのは故・木内彰志さんが住職の神奈川県厚木の観音寺境内であった。私の娘が嫁いだ寺が観音寺に最も近い寺だったことを縁として彰志さんと一層親しくなり、えーちゃんしょーしさんと呼び合うようになり、私の同人誌にも参加して戴いた。その頃、彰志さんとは「土を喰う会」と名付けた不定期の会を開いていた。要は土の栄養を豊富に含んだ季節の食物を頂きながら、俳句を作る会である。

ある時、筍を掘り、その料理を戴く趣向で会を持った。筍を掘る場所を聞くとうちの会員の山と言われ、現れたのが純生さんだった。私の祖父の筍山に案内します、ついてはこれを履いて下さいと履きにくい長靴を差し出された。運転する軽乗用車に乗り込み、厚木郊外の低い山に着き、筍の掘り方を手取り足取り教わり、掘り終わったのだが、その帰りに猫の糞を踏んでしまった。純生さんは「猫は温かい所をよく知っていて、好きなんです。そこで糞もするんです。最初から言っておけばよかったですね」と事もなく言われ、「昔からここらでは猫の糞を踏んだ人は出世すると伝えられていますよ。橋本さんは出世すること間違いないですよ」と無邪気に微笑んでいらっしゃる。「この私が出世？　口から出まかせでも嬉しいね」と軽口を叩き合い、落ち込んだ気持を一気に上向かせる純生さんの人柄を一遍で気に入ったのを覚えている。

二度目に純生さんと会ったのは二〇〇六年十二月、彰志さんの通夜だった。最初に出会って間もなかったので受付ですぐに私を見つけ、指で存知の合図をくれ、会場の前の方の席に案内して戴いた。知らぬ顔がほとんどの中、知る者が一人でもいるのは頼もしい限りだった。そして、三度目にお会いした時にはいつの間にか私の同人誌「琉」の一員になっていた。

純生さんは都の西北にある現代的な学び舎を出ているが、学生時代は俳句とは関りがなく、両親の趣味が俳句だったので、中年になり親孝行のつもりで俳句を始めた。

父親は地元の俳句会に属し、桃林という俳号を持ち、いわゆる旧派とも親しかった。第一章「変哲もなき」には僅かだがその影響も窺え、時折、句会では古格の風姿も見せた。だが、ものを表現する際の古格・新風は誰の表現行為の中にもあるもので、もし、古風そのものと思われる作があるとすれば純生さんの責任というより、私の示す方向性が至らない結果と言える。

純生さんが在来の作品から飛躍の気配を見せ始めたのは第一章の「奈良十句」からである。彰志さんが亡くなる一ヶ月前、勉強を重ねていた若手八名を連れて東吉野へ行き、藤本安騎生さんを案内に立て、様々な場を訪ねた折の成果である。関東在住の者には余り聞きなれない、大宇陀、丹生、七滝八壺、井氷鹿などの固有名詞を駆使した作品を拝読すると、さぞかし新鮮な刺激を受けたことと思われる。個々の句は句集を繙いて戴きたい。

ところで、その指導者・彰志さんを恋する、

狐 火 を 詠 み 狐 火 に な ら れ し よ　　　「生き生きと」

は純生さんの絶唱であろう。ともかくも彰志さんから純生さんを預かっている気持が私にはあり、普段は友と思って接している。その後の「琉」「枻」の吟行会では純生さんの希望を取り入れ、なるべく多様な経験が実るように北は青森、南は熊本まで足を伸ばした。若い頃は会社に尽くし、長子として両親に尽くし、みずから遊び楽むことが少なかったと聞いたからだ。その吟行では柿本多映さんに三井寺の案内を受け、

手を出して熱く語りぬインバネス　「変哲もなき」

と多映さんを的確に描写し、公開早々に訪ねた飯田蛇笏・龍太旧居では、

しつらひは庭の秋果を絵のやうに　「頻りなる」

と独自の眼を働かす。これには迎える山廬の飯田多恵子さんも喜んだことだろう。また、京都紫野の大徳寺吟行では坐禅を組み、真珠庵住職山田宗正和尚と近々と接し、

住職と熟柿を啜り秋惜しむ　「生き生きと」

という貴重な体験もなされている。そして、柿本さんや飯田さんの場合も、和尚の場合も句の内容はあくまで自然体だ。

同じ章の句だが、

二月堂のそろひの法被暖かし　「生き生きと」

歌枕見てまゐらむと土用灸　〃

前句は東大寺二月堂の竹送りに参加した折の作。勿論、お水取り吟行も実行している。後句は「おくのほそ道」吟行会での作だが、これが凝っている。私達の句会の一つに「古季語を詠む会」があった。その会の季語と「おくのほそ道」の内容を一つにして詠んだものと、この句が出された時にはその凝りように舌を巻いた。

鳥羽僧正忌まつたけ山に雨　「頬りなる」

われからや内侍の恋のあはあはと　〃

父と子の後の雛をかざりけり　〃

などもこ季語の勉強の成果であるが、歴史に詳しい純生さんの面目を保つ内容である。当時、私と故・榎本好宏さんとの交友関係が深まり、度々奥会津に吟行した。

軒先は鮓押すところ奥会津　「ポンポンダリア」

宇多喜代子さんが鮑鮓を作りによく来られるという家を尋ねた折の作である。我々は通常は横浜、東京に句会の拠点を置いているが、東京では縁あって日本橋浮世小路に句会場を持つ。

日本橋三越前木枯とすれ違ふ　「ポンポンダリア」
真昼間の浮世小路を嫁が君　〃

と、「日本橋三越前」「浮世小路」の言葉を確りと入れて作っていらっしゃる。

紙幅も尽きようとするが、最近富に幅を拡げられたと感じる作品を幾つか紹介したい。

湯豆腐や旅の終りをゆるゆると　「玉のやうな」
手放して知る風船の重さかな　「浮世小路」
一つだに眠つてをらぬ数珠子の目　〃
九代目の声のしさうな茂りかな　「日溜り」
首上げよ粟津ヶ浜のかいつぶり　〃

第一句は季語に気負いがなく且つ絶妙、今までの純生さんにはなかった季語遣いと思う。旅もお慣れになったのだろう、その心が滲み出ている。第二句は本来軽い風船に重さを感じたことが一句を成した。第三句は凝視の成果。日常の眼を透徹すると俳人の眼が効いてくるのが分かる。第四句は「九代目」の言葉に意味をどこまで求めるかで深みが違ってくる。最後の句は純生さん得意の歴史ものだが、粟津ヶ浜でかつて起こったことを知れば万感の思いが籠っているのがわかろう。
擱筆の前に一言。句集など要らぬと頑固に言ってたのをようよう翻意させたばかりだが、この句集を読み、次の句集を望む期待が湧いて来たのは疑いがない。そして、よくここまで来たね、まあまあだね、まだまだ努力だね、どのような評価でもいい、今は彰志さんの声を真っ先に聞きたく思っている。その気持は純生さんも同じだろう。

橋本　榮治

温かな冬の日差の机に向かい

# あとがき

親孝行のつもりで始めた俳句も二十五年が過ぎ、八十歳になる節目に拙い句集を出すことにした。

両親が参加していた俳句結社「海原」（木内彰志主宰）に入会し、俳句を始めた。彰志先生はいつもにこにことされ、好きなようにやりなさいと言って下さった。「海原」の十年は俳句の楽しさを教えて頂いた。彰志先生が急死され、同人誌「琉」に入会し、橋本榮治代表とのお付き合いが始まった。榮治さんからは人と人の出会いの大切さを教えて頂き、性格も共通したものを感じ、この人に付いて行こうと心に決めた。

めったに行くことが出来ない様々の地へご一緒させて頂き、いろいろな人を紹介して下さった。このことが私の俳句人生をどれほど豊かにしたか計り知れない。「琉」で五年、その後の「枻」での十年は本当に楽しく、句作は勿論だが、人の出会いの大切さを知ったことこそ有難く、感謝の念に堪えない。この度の出版に際してはご自身の体調のすぐれない中、選句を始めとしてこまごまとした作業をてきぱきと進めて頂き、重ねて感謝申し上げる。

かつての「海原」の句友、「琉」「柑」の連衆、各地の句友ほか、コールサック社の鈴木光影氏の名を記して御礼申し上げる。最後に私のもっとも長い句友であり句敵の妻・本杉みさ子に今までに一度も言ったことのない言葉を贈ります。「ありがとう」。

本杉　純生

大晦日に入院の東海大学病院にて

著者略歴

本杉純生（もとすぎ　すみお）

昭和18年　神奈川県生まれ
平成11年　「海原」入会
平成20年　「海原」退会
平成20年　「琉」入会
平成24年　「琉」終刊
平成25年　「枻」創刊同人
平成29年　第一回「琉賞」受賞

俳人協会会員

現住所　〒243-0032　神奈川県厚木市恩名3-15-60

石炭袋

句集　有心

2024年4月6日初版発行
著　者　本杉純生
編　集　橋本榮治・鈴木光影
発行者　鈴木比佐雄
発行所　株式会社 コールサック社
〒173-0004　東京都板橋区板橋 2-63-4-209
電話 03-5944-3258　FAX 03-5944-3238
suzuki@coal-sack.com　http://www.coal-sack.com
郵便振替　00180-4-741802
印刷管理　（株）コールサック社　制作部

装幀　松本菜央

落丁本・乱丁本はお取り替えいたします。
ISBN978-4-86435-612-1　C0092　￥2000E